UN

PAYSAN CHAMPENOIS

A TIMON

A L'OCCASION DE SON PETIT PAMPHLET

SUR LE PROJET DE CONSTITUTION

PARIS

MICHEL LÉVY FRÈRES, LIBRAIRES-ÉDITEURS

De Jérome Paturot à la recherche de la meilleure des
Républiques, par Louis Reybaud.
RUE VIVIENNE, 1.
Septembre — 1848.

UN
PAYSAN CHAMPENOIS
A TIMON

A L'OCCASION DE SON PETIT PAMPHLET SUR LE
PROJET DE CONSTITUTION.

———

SEPTEMBRE 1848.

———

J'ai lu de bout en bout votre petit livre, monsieur Timon, et tout considéré, j'y reconnais le cœur d'un honnête homme, quoique j'y trouve bien des choses qui ne me plaisent guère.

Pourquoi commencez-vous par dire que *vous voulez causer* (1) *sans bruit avec vos commettants, et voir par pure curiosité ce qui restera dans la constitution de ce que vous y avez mis ?* Vous ressemblez à ces gens qui disent tout bas une médisance, afin qu'elle éclate plus fort : à qui voulez-vous faire croire que vous craignez le bruit que font vos écrits ? Marchons plus droit, mon-

---

(1) Page 5 du Pamphlet de Timon.

sieur Timon ; vos circonlocutions ne sont pas du langage républicain, et quand vos petits livres tombent comme la grêle dans nos campagnes, où ils ne laissent pas que d'embrouiller nos idées villageoises, vous ne nous persuaderez pas que vous les faites, pour qu'on n'en parle pas.

Trouvez donc bon, s'il vous plaît, qu'on ne vous laisse point aller, ni eux non plus, sans vous saluer au passage.

Est-ce aussi seulement par pure curiosité, qu'après avoir, pendant dix-huit ans, poussé contre la monarchie (1), vous faites aujourd'hui une constitution, qui, dites-vous, ne vous satisfait guère, car, vous, *le vieux scribe du radicalisme* (2), *soit par habitude, soit plutôt par principes, vous voudriez encore davantage.*

Les gens simples de mon village sont mal contents, monsieur Timon, de votre pure curiosité ; je vous en avertis. Nous avons besoin d'ordre et de stabilité ; nous voulons avant tout jouir paisiblement du fruit de notre travail, élever honnêtement nos enfants, et ne laisser nos vieux parents manquer de rien de bon ; entendez-vous cela ? Votre *curiosité,* pure ou non, nous paraît fort impertinente dans une affaire aussi grave que l'a-

(1) Page 12. — (2) Page 40.

venir de notre pays et que celui de nos familles : nous avons chassé de nos foires les charlatans qui expérimentaient leurs drogues sur le corps de nos pauvres paysans trop crédules, ne les imitez pas dans l'administration du pays : heureusement que je trouve dans votre petit pamphlet, comme vous l'appelez, quelques pages de bon sens, qui me raccommodent avec vous et qui m'ont déterminé à vous écrire. Oui, comme vous le dites (1), la France, nos campagnes au moins, car, pour les grandes villes, vous savez mieux que moi ce qu'il en est, *la France préfèrerait la dictature à l'anarchie*; cela veut dire qu'il nous faut de l'ordre avant tout; de l'ordre, c'est-à-dire d'honnêtes gens aux affaires, point de fripons, point de brouillons, point d'intrigants, et le moins d'ignorants que cela se pourra; et c'est pour atteindre ce résultat sans lequel notre sort à tous va se trouver compromis, que vous faites une constitution, animé d'un sentiment de *pure curiosité*.

Ah! ne dites pas cela une autre fois, monsieur Timon; il faut de la mesure, voyez-vous, même dans le succès. Si j'osais à cette occasion vous dire tout mon sentiment, d'une façon fraternelle, ce

(1) Page 31.

qui ne peut pas vous fâcher, je vous avouerais que
je vous trouve trop d'esprit. Vous avez beau dire :
*que voulez-vous, ce n'est pas ma faute, l'esprit me
manque* (1) ; il n'est pas un Champenois qui soit pris
à cette fausse modestie ; allons, allons, monsieur
Timon, convenez-en, l'esprit ne vous manque pas ;
d'ailleurs, si vous n'aviez pas d'esprit, et beaucoup d'esprit, et un fort grand esprit, est-ce que
vous auriez fait le projet de la constitution ?
Vous en êtes peu satisfait, à ce que vous dites, à
la bonne heure, et vous n'êtes pas le seul, même
sans me compter ; mais ce n'est pas votre faute,
car *les docteurs et les ergoteurs* (2) *vous l'ont
prolongée indéfiniment ?* Tenez, monsieur Timon,
soyez sincère ; c'est le bon parti, croyez-moi ;
n'est-ce pas que vous avez un si grand esprit que
vous avez deviné *le génie républicain ?* (3) Mais je
suis bien Champenois de vous faire une pareille
question ; est-ce que vous n'en convenez pas vous-
même, quelque part, au risque d'une contradic-
tion de plus ? N'avez-vous pas inventé, il y a dix-
huit ans, l'expérience du suffrage universel et
direct (4), cette belle expérience que le peuple a
faite, *lorsque vous êtes parvenu à faire passer le*

(1) Page 15. — (2) Page 6. — (3) Page 46. — (4) Page
12.

principe du suffrage universel, de votre théorie dans la pratique (1). Le peuple, monsieur Timon ! que c'est un beau mot que celui-là ? Ah ! que vous devez bien regretter de ne l'avoir pas inventé, pendant que vous étiez en train d'invention, mais, du moins, comme vous remarquez à propos *qu'il n'est pas si sot qu'on le disait, ce cher peuple, ni vous non plus;* ni vous non plus, monsieur Timon, c'est vous-même qui le dites, page 12. Vous voyez bien que j'avais raison de me défier de votre modestie; vous voyez bien que vous avez de votre esprit une aussi bonne opinion que moi; vous êtes de mon avis en cela; vous le serez, j'en suis certain, en beaucoup d'autres choses, et c'est pour cela que je vous aime et que je vous estime; vous êtes un républicain sincère, et moi aussi; un ami des hommes, et moi aussi; même un peu philosophe, là, un chercheur de vérités peut-être inapplicables en ce monde, et moi aussi. Eh ! bien, touchez-là, mon frère en Dieu et en république, et que je vous dise votre fait, tout comme je le vois et à charge de revanche, par pure curiosité.

Vous qui avez écrit cette belle page sur la vieillesse, que l'Académie française a couronnée (2),

---

(1) Page 13. — (2) Dans les *Entretiens de village.*

ainsi que beaucoup d'autres, pourquoi lardez-vous donc vos écrits de ces bizarres lambeaux d'écritures qui bigarrent, d'une façon si étrange, vos périodes républicaines ? Pourquoi dites-vous, par exemple, au sujet de ce suffrage universel et direct, *que vous l'avez incrusté dans la constitution pour y demeurer ferme et stable à jamais* (1); qu'est-ce que c'est que de *l'écriture chambrière* (2); que nous parlez-vous de *prétendants écussonnés de rouge, de blanc,* etc., serait-ce par hasard des habitudes d'autrefois qui ramèneraient sous votre plume des termes peu d'accord avec vos formules d'aujourd'hui ? Tant mieux, monsieur Timon, rien de plus sûr qu'un converti; et je ne vous en tiens pas pour un moins bon républicain. Seulement, cela m'explique comment, à côté d'une page éloquente, j'en trouve une autre qui grimace; comment, à côté d'un sentiment noble et généreux, d'une pensée qui part de votre cœur pour aller à celui d'un autre homme, je rencontre une sentence creuse, un lieu commun amphigourique; cela arrive surtout, monsieur Timon, lorsque vous vous *mettez aux écoutes du peuple* (3); vous nous dites alors des choses comme celle-ci : *Or, que veut*

(1) Page 13. — (2) Page 24. — (3) Page 15.

le peuple ? le peuple veut de l'unité. Monsieur le baron, c'est une erreur profonde, le peuple, celui de nos campagnes, au moins, veut du travail afin de gagner honnêtement son pain, de l'ordre afin que le travail dure; d'honnêtes et d'habiles gens aux affaires afin que le trésor public ne soit pillé ni gaspillé, et que l'impôt le ruine le moins possible. Voilà, tout simplement, ce que veut le peuple champenois; et puis, que les commis des droits réunis le laissent un peu tranquille, que les routes soient bien entretenues, la police bien faite, les agents de l'autorité aussi actifs et aussi vigilants que cela sera possible, et les préfets aussi économes de discours que prodigues de leurs soins à toutes les affaires; mais pour de l'unité, qu'est-ce que c'est que cela? Ah! vous nous le dites à la ligne suivante : *L'Unité, qu'est-ce, si ce n'est une seule chambre?* Ah! vous jouez sur les mots, monsieur Timon? c'était une des grâces de l'ancien régime; l'unité, c'est un seul; tout Champenois que je suis, je ne l'aurais, ma foi, pas trouvé. Et voilà une admirable raison pour asseoir le pouvoir législatif dans une seule chambre; aussi, comme vous vous écriez victorieusement : *Le peuple veut-il autre chose? conçoit-il, peut-il concevoir autre chose? Deux chambres sous la pression du souffle populaire! Y songez-vous?*

Je vous déclare que le peuple n'y songe pas du tout! Pas si sot, comme vous dites, ni moi non plus; ce pauvre peuple a bien assez de cultiver son champ, de faire ses labours et ses semailles, espérances de l'an prochain, hélas! et il n'a pas assez étudié la constitution des pouvoirs pour savoir quelle combinaison lui assurera le mieux ce qu'il appelle de tous ses vœux, l'ordre, l'ordre avant tout, la stabilité ferme à tout jamais, comme vous l'écrivez en style d'ordonnance royale, la fin de toutes les révolutions de toutes les couleurs, de tous les bouleversements de toutes les espèces, qui nous ruinent en nous empêchant de travailler; le peuple n'entend que trop parler de vos théories politiques sur lesquelles nous causerons une autre fois, si cela nous revient en mémoire; ce qu'il veut, ce ne sont pas des phrases vides, des feuilles de papier barbouillées d'encre, telles que discours de toutes formes et dans tous les patois, lois et projets de lois qui compliquent la vie sociale et retardent tous les progrès au lieu de les hâter, projets et contre-projets amendés et sous-amendés, y compris celui de la constitution; tout cela peut vous paraître fort beau sur les bancs de serge verte de l'Assemblée nationale; mais dans les champs où Dieu a répandu son éternelle verdure, ce sont des idées bien plus substantielles qui nous viennent d'elles-mêmes et qui s'emparent de nos volontés ; nous n'imaginons pas plus que nous puissions inventer la société humaine, que nous ne prétendons organiser le travail des abeilles : et quand sur ces grosses questions que vous agitez sans cesse sans les résoudre, nous nous creusons l'esprit le plus que nous pouvons, nous n'arrivons jamais qu'à cette conclusion : C'est Dieu qui l'a voulu ; laissez donc là, si vous *vous mettez aux écoutes du peuple* des campagnes, tous vos projets de lois politiques et de constitution. Faites-nous quelques bonnes lois civiles sur les points où elles sont nécessaires ; fortifiez l'autorité du père de famille, définissez mieux la propriété pour la défendre mieux : honorez, protégez le travail, d'où naissent toutes les vertus et le bonheur domestique ; mais surtout revisez toutes vos lois d'impôt, lois aristocratiques s'il en fut jamais, nées il y a deux cents ans, sous le génie des fermes générales, rétablies par le régime impérial, et qui ne conviennent pas à notre temps démocratique. Voilà ce que le peuple acceptera avec joie, car, son bonheur en dépend ; mais la constitution? Quand, après six semaines de tournois parlementaires, vous aurez tous, tant battus que battants, pansé les blessures faites à vos amour-propres, et noirci de vos discours mille colonnes du *Moniteur*, qu'y aura-t-il de plus en France? une nouvelle feuille de papier entre le peuple et le pouvoir, que le gamin de Paris, crèvera à la première occasion, si les lois civiles, la police publique et le système de l'impôt ne sont pas en harmonie avec l'état des mœurs et des besoins de la nation.

Ce mot *nation* amène encore entre nous le besoin d'une explication. Vous dites, au commencement de votre pamphlet, que *vous ne connaissez pas de plus grands noms dans le ciel et sur la terre que Dieu et le peuple français* (1); c'est au sujet de l'invocation sous laquelle vous placez la constitution : fort bien, monsieur Timon; mais un autre gentilhomme, fort connu dans son temps, vous aurait dit que cela ressemble un peu à votre unité de tout à l'heure; comme il n'y a que Dieu au ciel, il est impossible que vous y connaissiez rien de plus grand; mais, n'importe, la phrase ne ronfle pas mal et l'on y sera pris; quant à ce que vous dites que vous ne connaissez rien de plus grand sur la terre que le peuple français, cela est parfait de raison et de sens, si c'est un Français qui le dit; si c'était un Anglais, il suffirait de changer un peu la for-

______

(1) **Page 6.**

mule, et l'on aurait le même succès en Angleterre. En Italie, en Allemagne, en Prusse, en Russie même, partout, enfin, le même avantage au moyen du même procédé, de sorte que votre phrase peut ainsi faire le tour du monde avec le suffrage universel : mais après un aussi beau résultat, vous vous écriez (1), *en entrant vivement en matière, avec l'appareil d'une concision brève et majestueuse* (je voudrais bien voir l'appareil d'une concision, et, surtout, que cette concision fût longue, mais passons), vous vous écriez donc : ***En présence de Dieu et de la nation française***. Est-ce que pour vous le peuple et la nation, c'est précisément la même chose? Ah! que M. Duclerc, qui a fait un si beau dictionnaire politique, avec ce M. Garnier-Pagès, que vous savez, le financier célèbre, le ministre savant, l'auteur de tant de lois, qui depuis..., ah! que M. Duclerc n'a-t-il fait avec le même talent un traité des synonymes politiques, comme nous vérifierions la valeur de ces deux mots, *peuple* et *nation;* quelles distinctions ingénieuses, fines et justes surtout, nous trouverions dans l'œuvre de ces deux grands hommes d'État.

Mais laissons tout cela, monsieur Timon; c'est

(1) Page 6.

14

assez battre l'eau ; on dirait que je ne vous écris
que *pour causer sans bruit et par pure curiosité.*
Allons au fait et que, sans plus tarder, je vous
dise pourquoi je vous aime et en quoi je ne suis
pas de votre avis. Comme c'est là l'essentiel de
la chose, je vous imiterai en ne m'y arrêtant
guère ; entrons donc en matière avec *une concision brève.*

Savez-vous bien, monsieur Timon, que parmi
vos 899 collègues, il n'en est guère, il n'en est pas
un, peut-être, qui vous vaille pour le mérite litté-
raire, pour la science politique, pour la probité et
la sincérité des opinions ; c'est pour cela que je
m'accroche à vous et que je ne vous lâcherai plus
que nous ne soyons bien d'accord ; moi aussi
je suis républicain, et homme de conscience et
d'honnêteté ; moi aussi je suis du peuple, du
peuple travailleur, et je l'aime, et je l'honore autant que je hais la populace et les intrigants, et
les esprits hargneux et médiocres qui veulent
tout changer sans avoir rien à mettre à la place
de ce qu'ils détruisent ; et voilà pourquoi il faut
que vous me redressiez ou que je vous redresse ;
comment ? l'un de nous deux se tiendrait de tra-
vers et l'autre s'en moquerait. Que dirait-on dans
mon village, où je suis le premier, le César de
l'endroit, si ma politique n'était pas au moins

l'égale de la vôtre , vous qui n'êtes que le second ou le troisième à Paris ?

Allons, monsieur Timon, tenez-vous ferme en selle ; je n'ai et je n'aurai jamais que des armes courtoises ; en place, juges du camp, et sonnez, trompettes.

Ou le peuple universel, c'est vous qui parlez (1), *est notre maître à tous, ou il n'est qu'un misérable esclave bon tout au plus à tourner la broche, et à ramasser dans ses torchons les épluchures de nos cuisines.*

Monsieur le baron , je ne puis qu'applaudir ; voilà une magnifique passe d'armes ; par saint Jean, mon patron, quelle étincelante alternative ! peuple français, peuple de frères, Timon t'a enfermé dans le cercle fatal tracé par sa baguette républicaine ; choisis, choisis sur l'heure.

— Despote ou marmiton, — souverain ou patronnet....?

Souverain , c'est bien beau ; marmiton, c'est bien bas ! mais point d'hésitation : allons, il faut choisir.

Cependant, pour être souverain, pour que ta constitution soit assez républicaine, sais-tu ce qu'il te faut ?

(1) Page 25.

Attention! cela va ressembler à un jeu inno-
cent.

Il ne te faut (1) :

Ni l'aristocratie des races......

Ni la politesse élégante des salons......

Ni la profondeur de la métaphysique......

Ni les splendeurs de la Banque......

Ni le territoire prolongé......

*Ni la mer couverte de vaisseaux, qui font la
grandeur et la félicité des républiques......*

(Ceci est un souvenir athénien.)

Ni la science......

Ni la littérature......

(C'est toujours monsieur Timon qui parle.)

Ni les beaux arts, non plus......

*Ni l'éloquence de la chaire, du barreau ou de
la tribune......*

Ni les théâtres......

Ni les romans......

Ni les tambours......

Ni les tambours! ma foi, peuple souverain ou
marmiton à ton choix, si avec des tambours tu
ne peux pas faire ta république, franchement je
ne sais plus ce qu'il te faut.

Ce qu'il lui faut, dit Timon, DE LA VERTU !

(1) Page 40.

De la vertu! Timon, voilà où je vous aime; voilà où le pauvre paysan champenois se rencontre avec vous et le moment où son cœur bat à l'unisson du vôtre. Vous êtes ridicule, permettez-moi de vous le dire, avec votre nomenclature à la façon de Rabelais, et surtout avec vos tambours; décidément vous aimez trop le bruit; mais vous êtes patriote sincère et sérieux, lorsque vous dites qu'il n'y a pas de république possible pour un peuple sans vertu. Je regrette que votre plume n'ait pas rencontré quelques-unes de ces lignes éloquentes pour définir la vertu républicaine; mais vous indiquez où elle se trouve, et je cours la chercher.

Le bas de la société (1), dites-vous, *a généralement plus de vertu que le haut et le mitoyen.*

Corbleu! cette fois-ci, foin de votre éloquence!

Le bas est plus fait pour la république que le mitoyen.

Malpeste! si l'Académie française couronne cette phrase-là.... Mais passons, allons au fait.

J'appelle avoir de la vertu (2), *avoir des croyances, la majorité des gouvernés français a encore des croyances; mais la mitoyenneté officielle et lettrée du pays n'en a guère, et sans*

______
(1). Page 41. — (2) Page 42.

croyances pas de dévouement ; sans dévouement pas de république, pas de vraie république.

Il n'y a de ferme (1) *et de stable ici-bas et parmi nous, que la perpétuelle inconsistance de nos gouvernements, de nos avocats et de nos principes.*

Monsieur Timon, il y en a long à dire là dessus.

D'abord, au diable soient les avocats ! Tope, je ne souffle pas mot.

Nos gouvernements sont inconsistants, et le propre de la vertu est d'être inébranlable ; d'où je conclus que rien n'est moins vertueux que nos gouvernements. Tope encore, cela sent bien l'opposition quand même, *le vieux scribe du radicalisme.* C'est égal, passons, passons.

Mais nos principes, monsieur Timon, quoi ! nos principes seraient aussi peu vertueux, c'est-à-dire aussi inconsistants que nos avocats et nos gouvernements, ce qui n'est pas peu dire. Et mais si la vertu est l'ingrédient indispensable de la république, la nôtre ira donc avec les avocats...

Pauvre république, *ces docteurs et ces ergoteurs* sont bien capables de l'emporter... comme ils en ont déjà emporté tant d'autres. Ah ! Timon, faudra-t-il que nous ayons, vous et moi, le sort

(1) Page 13.

des derniers des Romains, et que faute d'*avoir*
le don de l'éloquence pour porter à la tribune une
bonne parole (1), nous soyons condamnés à voir
périr la république entre vos bras paternels, ô
Timon !

Mais non, mon vertueux co-républicain, des-
cendons *dans le bas de la société* et cherchons-y
la vertu; *le bas*, vous le savez, *c'est la majorité
des gouvernés français*, et quand on a la majorité
pour soi, on peut, comme les doctrinaires, qui
savaient compter si exactement les moutons de
leur troupeau fidèle... on peut... on peut... Mais
où vais-je me fourvoyer ?

Ami Timon, c'est trop plaisanter sur une matière aussi grave; je vous l'ai dit, je ne suis qu'un
pauvre paysan, peu instruit dans les affaires et
républicain par instinct, par amour de la patrie
et de la liberté; mais je me souviens de Barba-
roux et de bien d'autres : je me rappelle leur
âpre désespoir, leurs amers regrets, au moment
suprême et où ils quittaient pour l'éternité une
terre funeste, livrée à la famine et maculée de
sang. Si Dieu permet, dans l'impénétrable mys-
tère de sa volonté, que d'aussi tristes jours se
répandent sur notre patrie, les vrais républicains

(1) Page 53.

sauront mourir, sans qu'il leur échappe, comme au second Brutus, ce soupir du découragement : O vertu, n'es-tu donc qu'un vain mot ? Mais efforçons-nous cependant d'éviter les fautes et les erreurs de nos devanciers : voyons notre fait où il est, et ne nous perdons pas en efforts inutiles, en vaines déclamations, en travaux sans objets : croyez-vous que la constitution ajoute rien à la puissance paternelle, à la piété filiale, à la sainteté du mariage, à la pureté des mœurs, au dévouement à l'amitié, à l'amour de la patrie, à la probité et au courage des hommes publics, au désintéressement des particuliers, au respect de la propriété, but de l'ordre social ? Non rien, assurément ; et c'est là cependant, ce sont les bonnes mœurs, les vertus de la famille et les vertus publiques qui rendent un peuple digne de vivre en république.

Si la France, et vous semblez redouter qu'il n'en soit pas ainsi, est le modèle des nations par la vertu de ses citoyens, qu'importe une constitution ? elle n'en a que faire pour vivre en république. Une nation de sages, gouvernée par elle-même, ce serait le ciel sur la terre.

Mais, si nous ne sommes ni assez sages ni assez vertueux, tâchons, en perfectionnant nos lois civiles, de porter dans nos mœurs le germe des

améliorations, sans lesquelles la république pé-
rira.

Ne perdons pas le temps, car notre tâche est
grande ; la république peut nous échapper avant
que nous soyons dignes d'elle : hâtons-nous de
devenir meilleurs, et laissons de côté toutes ces
discussions qui nous divisent sans utilité; c'est
déjà bien assez de souci que la crainte d'arriver
trop tard.

Vous avez fait un projet de constitution, nous
ici, nous avons fait notre compte avec notre
bourse et avec nos consciences ; écoutez-nous à
votre tour.

Nous avons calculé d'abord que notre pays est
aussi fertile qu'aucun autre, aussi bien cultivé,
à peu près aussi couvert de bestiaux, et, somme
toute, que nos récoltes suffisent à nous nourrir,
à peu près tous les ans; nos vins à nous désal-
térer amplement et même que nous en avons à
revendre ; nos lins, nos chanvres et nos laines à
nous vêtir; en un mot, Dieu nous a donné sur
notre heureux sol français :

Le vivre et le couvert, que faut-il davantage?

S'il est une nation qui soit plus laborieuse que
la nation française, plus courageuse à l'ouvrage,
qui se lève plus matin, qui se couche plus tard,

qui travaille plus résolument, avec plus d'intelligence et de gaieté, ce qui n'y fait pas mal, ami Timon, qu'on me le dise, et je recevrai les gens avec ce *rire fou* (1) qui accueillit dans le temps votre invention du suffrage universel, et qui plus est direct.

Voilà deux bons articles. Bons bras et bonne terre ! Aussi, Dieu sait si, cette année surtout, nos granges et nos caves sont ou vont être pleines. Vous connaissez bien Joigny, cette jolie petite ville, où pétillaient, avec le vin du crû, lorsqu'elle vous nommait son député, les réminiscences et les pointes anti-apostoliques du philosophe de Ferney ; si bien même que les choses sont allées au point que député et commettants ont, je crois, fini par se brouiller sur le chapitre des croyances ; eh ! bien, à Joigny, le vin de l'an dernier se vend 3 fr. la barrique ; à Auxerre tout autant, ou bien plutôt tout aussi peu. On peut boire raisonnablement toute l'année avec le salaire de trois journées de travail, précisément le montant de l'impôt personnel. Maudit soit l'impôt personnel, qui me coûte autant que le besoin de remplir mon verre. Et savez-vous, mon ami Timon, combien nous vendons notre seigle ? le plus

(1) Page 12.

beau seigle blond qu'ait jamais produit terre blanche, vingt sous le double décalitre, vingt sous, pas davantage. En une journée ou une journée et demie de travail, on peut, sans se gêner, gagner son pain d'un mois.

Dites donc, maître Timon, il me semble que, vos théories politiques à part, soit que vous les fassiez ou non passer dans la pratique, nous pourrions, cette année, boire, manger et dormir à notre aise : l'hiver approche, mais le bois ne nous manque pas non plus pour nous chauffer, et grâce à la bonté de Dieu, cela n'irait point mal, sans la folie des hommes, et toujours sauf vos théories politiques.

A vous parler franchement, en Champagne, nous n'avons pas l'humeur querelleuse. Il nous reste encore quelque chose du caractère de notre comte Thibault, le plus vieux des chansonniers français, dont la gaieté nationale ait conservé le souvenir : aussi, je vous jure, foi de Champenois, et par mon patron saint Jean, que je n'aurai jamais de rancune contre vous, quand vous vous moqueriez *du bas* de mes idées d'aussi bon cœur que je me chaux de vos plans de constitution. Nous sommes tous comme cela en Champagne, les meilleurs gens du monde ; pourvu pourtant qu'on ne nous vexe pas : ah ! si l'on nous vexe,

vous savez bien ce que l'on dit............, quand
on l'attaque, il se défend. Oh ! alors le Champenois
a la main rude ; demandez plutôt au commissaire du gouvernement provisoire dans notre département. C'était l'une de ces mains inqualifia-
bles auxquelles le gouvernement dont il s'agit a
trop souvent tendu la sienne. Toutes les gardes
nationales, de vingt lieues à la ronde, sont ar-
rivées à Troyes tambour battant, avec ce zèle,
cet entrain admirable du peuple français, du bon
peuple des campagnes, de ce véritable peuple à
qui siéent bien la vraie liberté et la vraie république, de ce peuple qui vit du travail et rien que
du travail, et qui donne l'exemple de toutes les
vertus domestiques et civiques. Il a bien fallu que
le commissaire s'en retournât vendre autre chose
que notre peau, que l'on nous promettait de nous
tanner sur les épaules, au moyen de dix, vingt,
cent mille hommes, que sais-je ?

Ce n'est pas une affaire en Champagne que
de secouer un joug qui pèse trop : en 1815, nous
avons vu de cruelles journées ; nos fermes pillées
ou incendiées, nos bestiaux tués, mangés ou
emmenés ; il ne nous restait plus un mouton !
mais voilà de cela plus de trente ans, et je reconnais encore dans nos champs, à l'épaisseur
de l'herbe et à la hauteur des blés, les places où

nous avons enterré les Prussiens et les Cosaques qui ont mis le pied en Champagne... et qui ne l'en ont pas retiré.

Tout cela est pour vous dire que si nous avons bons bras et bonne terre pour nourrir nos femmes et nos enfants, nous aurions au besoin de bons fusils et bon courage pour repousser les ennemis ; nous n'avons donc pas peur de la guerre avec l'étranger, non pas de celle que nous irions faire hors de chez nous, celle-là nous paraîtrait une folie et une barbarie, mais de celle qu'on voudrait nous apporter : chaque haie, dans ce cas là, se garnirait d'un fusil, et malheur à l'uniforme imprudent qui s'en approcherait de trop près. Mais après tout, qui est-ce qui veut la guerre ? Allemands, Prussiens, Bavarois, Belges, Suisses, Russes, même les Cosaques, toute l'Europe a bien assez de besogne, chacun chez soi.

Mangeons donc tranquillement notre seigle, si nous sommes sages ; buvons le vin de Joigny et d'Auxerre à 3 francs la feuillette, sans l'impôt qui coûte presque autant, et vive la joie ! mon ami Timon.

Il faut pourtant convenir qu'il y a quelque chose, je dirais même plusieurs choses qui nous inquiètent, et qui nous inquiètent beaucoup, et d'autant plus que ce sont de ces choses que l'éloignement grossit, que nous ne voyons que comme on voit les buissons la nuit, et que nous ne pouvons malheureusement combattre qu'à distance.

Je vais vous les dire une à une, et, comme vous avez un grand esprit, vous trouverez bien certainement ce qu'il convient d'y faire.

La première chose, c'est la difficulté, que dis-je, c'est l'impossibilité où nous sommes d'avoir un sou comptant; ce n'est pas tout que nos caves débordent, que nos greniers regorgent et que nos granges crèvent d'abondance; il nous faut de l'argent pour payer le percepteur, avec ses 45 centimes en sus; pour payer les valets de ferme et le charron, le maréchal, le taillandier, et tous les artisans du village, même au besoin le médecin : pour l'avocat, nous n'en usons jamais. Il nous faut de l'argent, et nous ne vendons rien ; outre qu'année commune, le seigle vaut quarante-cinq à cinquante sous le boisseau, et qu'il en faut deux aujourd'hui pour obtenir le prix d'un seul, à l'ordinaire; il semble, en vérité, que les gens se donnent le mot pour faire jeûne, et qu'ils ne mangent point pour nous faire enrager, et ne pas acheter nos grains, ni notre vin ni celui des Bourguignons nos voisins : le seigle vaudrait cinq ou six francs, comme il y a deux ans,

qu'on ne le ménagerait pas plus ; et savez-vous
ce que les ouvriers d'industrie, menuisiers, ser-
ruriers, maçons, charpentiers, peintres, etc., qui
traversent nos villages, disent à tout le monde :
« Pardieu ! voilà un grand bonheur que le pain à
« bon marché, si nous n'avons pas d'ouvrage ;
« quand il ne vaudrait qu'un sou la miche, si
« nous ne travaillons pas, nous ne gagnerons
« pas de quoi la payer. Nous aimerions bien
« mieux faire de bonnes journées, et que le pain
« fût quatre fois plus cher. »

Je réponds à cela que ma grange est trop
petite et trop vieille, et que j'aurais bien envie
d'en construire une autre, si je vendais mon
grain, et si je le vendais seulement 30 sous le boisseau pour payer d'abord notre honnête homme
de percepteur qui ne m'a jamais tourmenté, et
ensuite pour acheter de la chaux, du bois et de
la brique, et employer pendant deux mois une
demi-douzaine de maçons et de charpentiers.

Voilà une chose bien triste et bien étrange,
monsieur Timon ; les ouvriers se plaignent à ma
porte de ne pouvoir suffire à leur subsistance,
faute de travail, quand jamais peut-être mois-
sons et vendanges n'ont été plus abondantes ; et
moi, dont les greniers sont pleins, je ne puis
faire travailler les ouvriers, faute de l'argent que

me produirait mon grain, si je pouvais le vendre. Si cela dure, nous en viendrons, comme au temps du roi Dagobert, à nous passer d'argent, et à nous payer réciproquement les uns les autres avec les produits mêmes de notre travail ou de notre industrie.

Mais le percepteur!... Ah! voilà la grande difficulté! et puis c'est reculer à quelques siècles en arrière que de vouloir que tout le mouvement des affaires s'exécute sans argent.

Je me creuse la tête, et je me demande ce que l'argent est devenu.

Tous les ans, depuis près de trente ans, nous avons acheté à l'étranger 70 ou 80 millions de lingots d'argent et nous en avons fait des pièces de cent sous : il n'y a pas à dire le contraire, je l'ai lu tout au long dans un rapport sur les finances. Il y a des gens qui soutiennent que cet argent entrait par un bout du *royaume* (c'était un royaume alors) et ressortait par l'autre bout; mais ces gens-là ne font pas attention que nos fermiers généraux des monnaies, nos fabricants de pièces de cent sous pour le compte de l'État, prennent 1 pour 100 pour les frais de leur travail et pour leur profit, ce qui est fort juste, comme chacun sait, quoique ce soit deux fois trop cher; mais on n'est pas fermier général pour rien : or, ce travail coûteux serait fort inutile, si l'argent devait être démonétisé et remonétisé par l'étranger. Comment croire que nous aurions payé la façon de la monnaie d'argent 7 à 800,000 francs par an, depuis trente ans, pour le plaisir d'enrichir nos monnayeurs ; ou que l'étranger aurait donné cette grosse somme uniquement pour avoir le plaisir d'acheter nos pièces de cent sous, au lieu de faire venir son argent en lingot. Il est peu probable que l'étranger ou le gouvernement précédent, quelque inhabile qu'on le suppose, mais éclairé et surveillé comme il l'était par l'opposition, et notamment par le fameux économiste, professeur au collége de France, le citoyen Garnier-Pagès, ait jamais pu faire une telle sottise. Il doit vous paraître certain, Timon, que la très grande partie de cet argent n'est pas sortie de France et qu'elle y est encore. Ce n'est donc pas l'argent qui manque, il y en a tout autant, il y en a plus qu'il n'en faut. Et comment manquerait-il pour les affaires qui se font aujourd'hui, lorsqu'il suffisait aux affaires de l'an passé, qui étaient dix fois, vingt fois, cent fois peut-être plus importantes que celles d'à-présent ?

Mais si l'argent, si les pièces de cent sous sont tout aussi nombreuses aujourd'hui chez nous qu'elles l'étaient l'an passé, comment donc se fait-il qu'on n'en voit quasiment plus dans nos villages ? Il y a des gens qui disent que lorsque le commerce va bien, lorsque la confiance règne, lorsque le crédit est assuré, lorsque chacun est sûr que le lendemain ressemblera à la veille, lorsqu'on ne craint ni les révolutions, ni les émeutes, ni les lois violentes, ni les règlements publics absurdes, chaque pièce de cent sous passe en un jour par vingt ou trente mains ; qu'à peine si chacun l'a reçue, il se hâte bien vite de la passer à un autre pour ne pas perdre l'intérêt qu'elle rapporte ; si ces gens-là disent juste, il en résulterait que la confiance, la sécurité, la stabilité *ferme à tout jamais* est ce qui multiplie à l'infini la circulation du numéraire, et que ce qui nous manque aujourd'hui, ce n'est pas plus l'argent que le seigle, le vin ou les ouvriers, mais que c'est la confiance et le crédit.

Et comme cependant, quel que soit le crédit, on ne donne pas son argent pour rien, il est clair que si la confiance se rétablissait, je vendrais mon blé à quelqu'un, qui, pour ne pas perdre l'intérêt de ses pièces de cent sous, serait empressé de me les apporter, en m'achetant ma récolte, et qui revendrait ma récolte, en réalisant le profit de l'intérêt de son argent et celui de sa peine, à d'autres qui feraient travailler les ouvriers et leur payeraient de bonnes journées, ce qui leur permettrait de boire et de manger tout leur soûl, et même quelquefois plus que de raison, d'où je partirais, moi et les autres, pour vendre notre seigle et notre vin d'autant plus cher.

Mais pourquoi donc la confiance manque-t-elle, monsieur Timon? Reviendra-t-elle? quand reviendra-t-elle? comment reviendra-t-elle? qui est-ce qui rendra aux pièces de cent sous ce mouvement de circulation qui les fait rouler et passer si agilement de main en main, lorsque les affaires vont bien? de telle sorte que tous les biens de la terre et tous les produits de l'industrie se répartissent avec une rapidité surprenante entre tous les consommateurs, et que chacun en a sa part, boit, mange, chante et s'amuse, lui et les siens, sans se soucier du lendemain.

Ah! voilà, voilà la grande question!

Voyons d'abord nous deux ce que c'est que la confiance.

C'est la persuasion que le lendemain, le surlendemain, le jour d'ensuite, celui d'après, et l'avenir tout aussi loin qu'on peut le prévoir, seront pareils au jour où l'on est, si ce n'est pas encore meilleurs. Quand on ne peut se dire ce que sera le lendemain, on n'avance plus dans un chemin que l'on ne connaît pas, dont on ne prévoit pas l'issue ; on s'arrête ; on examine ; on s'inquiète ; plus d'affaires ; la confiance est perdue.

C'est ce qui est arrivé dès le lendemain du 24 février ; certainement entre la veille de la révolution et le lendemain, la France n'était encore ni plus riche ni plus pauvre ; il y avait autant de toutes choses, et les gens qui se mêlent de gouverner les autres n'étaient ni plus ni moins nombreux, ni plus ni moins habiles ; les bureaux du *National* foisonnaient de grands hommes, cela est incontestable ; M. Garnier-Pagès existait après comme avant, ni plus ni moins ; comment se fait-il donc que toutes choses égales d'ailleurs, la Bourse ait été fermée du 25 février jusqu'aux premiers jours de mars, et qu'elle n'ait été rouverte que pour constater une dépréciation des valeurs publiques la plus subite et la plus énorme que l'on ait jamais vue. C'est que l'on ne savait plus, le 25 février, ce que l'avenir amènerait : gouvernement nouveau, hommes d'État fort nouveaux ; incertitude du résultat ; crédit et confiance perdus !

Et cependant, si, faute de confiance, je ne

vends pas mon seigle, il restera dans mon grenier; et alors comment l'ouvrier mangera-t-il et comment payerai-je le percepteur?

Savez-vous bien, monsieur Timon, que je ne vois pas ce que la constitution peut faire à cela.

N'y a-t-il donc cependant rien à y faire?

Assurément, il doit y avoir quelque chose : puisque la confiance existait l'an passé, elle pourrait bien encore exister cette année; puisque c'est la différence entre les deux époques qui cause cette malheureuse subversion qui nous ruine, voyons donc ce qu'il y a à faire pour que l'époque actuelle réunisse toutes les conditions de stabilité et de confiance qu'avait le temps passé.

Est-ce la nature même du gouvernement nouveau qui détruit la confiance? Non, non, assurément. La république n'est qu'un mot, si elle ne diffère de la monarchie ni par les mœurs de la nation, ni par les institutions, ni par les lois civiles; or les mœurs ni les lois n'ont changé : je crois qu'il faudra qu'elles changent, que celles-ci s'épurent et se fortifient, que celles là soient plus conformes à l'esprit de la société nouvelle, mais, assurément, cela ne s'est pas fait depuis six mois. Sous ces deux rapports, rien n'est donc changé.

Quant aux institutions, il y a un roi de moins, et de supprimé avec lui la succession héréditaire au pouvoir exécutif. Je ne conteste pas que cela ne soit beaucoup ; j'accorde que ce changement dans la forme du gouvernement est immense ; soit ; mais enfin la république ne diffère de la monarchie, telle qu'elle était, qu'en ce seul point et dans ses conséquences, dont l'une et la principale a été le développement, je dirais presque effréné, que la révolution a donné à des penchants et à des besoins de la société nouvelle dont je parlerai tout à l'heure.

Je veux m'arrêter auparavant sur la modification essentielle qui résulte, dans le nouvel ordre de choses, de la suppression de la royauté.

Cette suppression a-t-elle atteint gravement le corps social ? en d'autres termes, la royauté tenait-elle au pays par des liens si solides, qu'il y ait eu un déchirement considérable par l'effet de son retranchement du corps social ? Le moindre coup d'œil sur les faits et sur les circonstances dans lesquelles ils se sont accomplis, rend le contraire évident. Y a-t-il eu en France le moindre dévouement en faveur du roi Louis-Philippe, la moindre disposition à prendre parti pour lui ? à peine quelques personnes, attachées plus intimement à sa familiarité, lui ont-elles fait la politesse de le reconduire jusqu'à Londres ; mais je doute qu'il trouvât seulement cent mille francs à emprunter en France sur sa parole ou sur sa signature : jamais cela ne s'est vu dans aucun temps ni dans aucun pays du monde ; jamais royauté ne s'est détachée d'aucune nation et n'est tombée à terre dans un état de maturité plus complet. Lorsque les prétendues mauvaises têtes de l'opposition se sont vantées d'avoir fait la révolution de février, elles se sont abusées avec une innocence qu'on aurait pu trouver plaisante ; jamais mouche du coche n'a bourdonné plus fort et n'en a moins eu de sujet ; mais il faut avouer que personne n'avait su constater, avant la révolution, l'état de décrépitude de la royauté en France, non pas celle du monarque, mais celle de la monarchie elle-même. La république, la jeune république, comme l'appellent les adeptes, toujours avec la même innocence, n'est véritablement autre chose que ce qui existait à la fin de la monarchie, du moins en ce qui est de la direction dans laquelle la nation marchait et continue de marcher. S'il en était autrement, si la nation n'eût pas été républicaine avant le 24 février, républicaine dans ses opinions, dans ses sentiments, dans ses tendances, en partie dans ses mœurs, ce serait donc une violence que les faiseurs de révolutions prétendraient lui avoir faite et voudraient achever de lui faire. Ces messieurs ne sont pas si forts ni si méchants. La démocratie coule à pleins bords en France, disait, en 1822, un homme d'État tout aussi habile que les plus habiles d'aujourd'hui ; elle a continué de couler, elle coulera encore longtemps ; seulement le roi Louis-Philippe a cherché à entraver son cours, et elle a emporté la digue et celui qui voulait la construire. Voilà tout ce qui est arrivé, rien de plus, et nous trouvons, nous qui vivons éloignés des passions politiques qui obscurcissent plus d'un jugement, bien fous ou bien téméraires ceux qui prétendent, au nombre de quelques centaines, avoir imposé à une nation comme la France, une opinion qu'elle n'aurait pas eue. Il est vraiment curieux de voir *le National*, qui n'avait en février que trois à quatre mille abonnés, et quels abonnés ! s'imaginer qu'il a battu de verges trente-six millions d'hommes, et qu'il les a menés où ils ne voulaient pas aller ; c'est cependant cette bouffonnerie qui cause la plus grande partie des difficultés que nous rencontrons : le gouvernement des peuples a presque toujours été un mélange d'atrocités et de bouffonneries.

Le National et ses adhérents se sont trouvés

comme l'accident dans la révolution de février; et, maîtres, par événement, du pouvoir qui ne peut rester dans leurs mains, ils causent, en maniant la puissance du pays, tous les tiraillements qui le troublent. Nous sommes dans une situation assez analogue à celle où nous étions avec Louis-Philippe, sous ce rapport que les doctrinaires et lui ne formaient dans la nation qu'une faible minorité, et qu'aujourd'hui *le National* et les siens ne sont non plus qu'une minorité encore moins forte que celle des doctrinaires.

Mais si le parti qui gouverne n'a pas plus de valeur numérique dans une époque que dans l'autre, l'état du pays est extrêmement différent. D'une part, les circonstances ne permettront pas d'attendre longtemps une solution; la force des choses l'amènera bientôt. De l'autre, il y a un élément considérable, complétement méconnu ou plutôt négligé par le gouvernement précédent, une tendance de la nation, un développement d'un principe social faible jusqu'à présent, mais que les événements de février ont démesurément grandi, et que la minorité qui s'est saisi du pouvoir s'est appliquée à grossir encore, afin de fortifier sa position. C'est de la situation des prolétaires que je veux parler, comme on le voit bien.

Si je ne me trompe, monsieur Timon, nous voici

bien loin de compte, vous et vos amis, moi et les miens ; quoique cependant il y ait entre vous et moi une complète harmonie de sentiments. Nous aimons les mêmes choses, nous y tendons différemment. Vous croyez que la constitution finira tout ; nous pensons que tout notre avenir dépend de l'administration du pays.

Mais poursuivons :

La confiance n'existe pas, cela est évident ; le 3 p. 100 est à 44 fr., le 5 p. 100 à 69 ; le trésor public est presque vide ; la banque embarrassée ; le commerce languissant ; l'agriculture manque d'argent, en même temps qu'elle regorge de produits ; l'industrie est en léthargie ; les ouvriers, à qui l'on a promis monts et merveilles, ont mangé leurs économies ; je ne veux parler que des ouvriers économes, ceux qui ne le sont pas rêvent émeutes et désordres ; il est visible que c'est la confiance dans l'avenir qui manque ; et elle manque, parce que la durée de ce qui existe paraît douteuse, incertaine à la très grande majorité des esprits.

Cela ne tient pas à la nature même du gouvernement. La république existait déjà, voilée il est vrai, mais elle existait sous la monarchie tout aussi complète qu'elle existe aujourd'hui ; elle s'est détachée du monarque, comme un serpent change de peau ; le trouble qui s'est mis dans nos affaires n'est assurément pas là. Si les faits qui ont manifesté la révolution de février avaient pu s'accomplir sur tout le territoire français à la fois, si la cassure qui s'est faite entre le monarque et la nation n'avait pas été circonscrite sur le point de Paris seulement, il n'y a pas le moindre doute que la prospérité du pays n'aurait subi aucune atteinte. Les affaires auraient continué sans que l'on s'en fût, pour ainsi dire, aperçu.

Mais le fait en se produisant à Paris, ville en dehors et au delà de l'opinion nationale, des mœurs, des habitudes, des besoins de la majorité de la nation, a permis à une minorité de saisir le pouvoir, et cette minorité s'est empressée de s'appuyer sur la portion de la nation que le gouvernement précédent avait négligée, sur le prolétariat, dont les droits et les besoins avaient été méconnus.

Nul ne se tient dans une juste mesure ; les partis moins que personne ; les minorités moins encore que les partis puissants et nombreux : elles se jettent nécessairement dans les voies extrêmes : les doctrinaires avaient oublié, pour me servir à l'égard des vaincus d'une expression modérée, les intérêts, les droits et les besoins des prolétaires ; ils avaient assis tout leur sys-

tème social exclusivement sur la propriété matérielle; il ne pouvait manquer d'arriver que les
nouveaux venus au pouvoir, minorité à l'autre
bout de la nation, se fissent les protecteurs exa-
gérés du prolétariat, au risque d'effrayer la propriété, de la paralyser au moins, peut-être d'en
amener la ruine; et sans s'apercevoir que le
bien-être de tout le pays, prolétaires et propriétaires, propriétaires et prolétaires, dépend dè la
juste et équitable protection donnée à tous les
intérêts, qui se fortifient incessamment les uns
par les autres, et dont les uns ne sont jamais
négligés sans que les autres soient en souf-
france, comme on ne le voit que trop aujourd'hui.

Ce qu'il reste à faire commence à devenir évident, ce me semble. Il faut de la vertu, comme
vous le dites, monsieur Timon; il en faut à une
nation pour vivre en république, le plus beau,
le plus heureux des gouvernements, mais aussi
le plus difficile, car la vertu ressemble à la ligne
droite; il n'y en a qu'une pour une infinité de
lignes courbes; mais il faut de la vertu encore
plus dans les gouvernants que dans le peuple,
et la première des vertus républicaines, c'est le
dévouement au pays, c'est l'abnégation de soi-
même; d'où je conclus que le devoir des républicains, quand leur opinion n'est pas celle de la

majorité du pays, est de ne pas aspirer au pouvoir, s'il ne l'ont pas ; ou de s'en démettre, si le hasard l'a placé dans leurs mains.

Je vous vois d'ici rire de ma champenoiserie, cher Timon. *Que voulez-vous? ce n'est pas ma faute*, je crois à la vertu, *l'esprit me manque,* comme vous dites (1).

Examinez, cependant, ce qui arriverait, si le gouvernement était l'expression exacte de la majorité en France.

Je vous entends, je vous devine au moins ; vous penchez, dans ce moment, sans vous en apercevoir, vers cette opinion des doctrinaires que dans une grande nation comme la nôtre, la majorité ne pousse pas d'elle-même ; qu'il faut un peu l'aider, la cultiver ; que pour qu'elle fleurisse avec l'éclat convenable, il est bien de la diriger, de l'émonder peut-être, au moins de la palisser en éventail comme les pêchers de mon jardin, et voilà comment une minorité habile et discrète peut, dans un temps donné, empaumer une majorité bien disciplinée.

Je vous le déclare net, ce jeu là ne vaudrait plus rien : cela n'irait pas loin et qui pis est finirait mal. Et d'ailleurs est-ce vous, l'inventeur du

(1) **Page 15.**

suffrage direct et universel, qui auriez de pareilles pensées ? Ah ! je les répudie en votre nom.

Reprenons donc nos raisonnements où nous en étions arrivés : Nous disions que le pays souffre et d'une manière terrible ; terrible aujourd'hui, plus menaçante encore dans l'avenir ; et cela, au milieu de la plus prodigieuse abondance qu'on puisse imaginer ; que serait-ce donc, mon Dieu, si la disette survenait l'an prochain ? Nous avions reconnu, je crois (vous allez dire que j'ai reconnu cela tout seul, soit, je ne veux pas vous violenter), j'avais donc reconnu que cette situation si profondément périlleuse était le résultat de deux faits : l'avénement au pouvoir des frères et amis et des parents du *National*, et la situation des prolétaires dans la société française telle que le temps l'a faite. De ces deux faits, provient le défaut de confiance dans l'avenir, et de ce défaut de confiance, la ruine générale.

Eh bien, monsieur Timon, qu'arriverait-il si tous les membres du gouvernement, tous les hauts fonctionnaires et même tous les petits, si vous voulez, étaient précisément les hommes en qui la nation tout entière, ou au moins la très grande majorité de la nation, aurait la plus entière confiance, fondée sur les actes de la vie de chacun, sur ses précédents, comme l'on dit, sur son instruction, son aptitude, sa probité éprouvée, etc., etc., etc. Dites-moi qu'arriverait-il ?

Vous vous souvenez bien de ce mot si juste : L'unité c'est un seul. Eh bien ! j'irai au but tout aussi droit que vous ; je réponds que la confiance renaîtrait, parce qu'on aurait confiance.

Ah ! Timon, pardonnez-moi quelques plaisanteries qui échappent à ma joyeuseté et ne sont pas de la malice, et laissez-moi vous emprunter vos nobles et belles paroles.

En présence de l'étranger, en présence de nousmêmes, quand cesserons-nous d'être des gens de parti, pour n'être que des Français ? Assez de sang n'a-t-il pas coulé ? Assez de traverses et d'obstacles n'embarrassent-ils point les pas de la république ? Eh ! mon Dieu, nous n'avons pas trop de tous nos cœurs pour nous aimer et de toutes nos mains pour fermer toutes nos plaies ! (1)

Déchirez donc vos vieilles bannières, *National, Réforme, Siècle, Constitutionnel* et *Journal des Débats;* brisez vos vieilles plumes, et prenez-en de neuves; renoncez à toutes vos rancunes, à toutes vos querelles, à toutes vos idées usées; oubliez tout votre passé; donnez-vous un cœur neuf et qui n'en vaudra pas plus mal.

(1) **Page 53.**

Que le gouvernement n'ait plus d'autre origine que le vœu de la majorité, et qu'il ne cherche d'autres titres à tous ses agents que leur mérite, leurs talents, leur vertu. Rappelez-vous, chef du pouvoir exécutif, le mot célèbre de César, non pas pour vous l'appliquer, mais pour l'appliquer au pays : Tous ceux qui ne sont pas contre moi sont avec moi. Voyez ce qu'ont fait vos prédécesseurs et ce que peut-être vous avez fait vous-même avec les choix prétendus politiques. Vous vous écriez l'autre jour qu'il n'y aurait jamais de trève entre vous et les ennemis de la république. Croyez-moi, la république est assez forte pour ne pas craindre d'ennemis, et c'est l'affaiblir que de supposer qu'elle doive lutter avec eux ; marchez paisiblement, majestueusement, si vous pouvez, vers tout ce qui est juste, vers tout ce qui est grand ; c'est là que va la nation, et c'est vous qui dans ce moment devez la précéder. Donnez au pays la conscience de sa force, en plaçant à chaque sommité l'honneur, le mérite, la probité, le désintéressement, la vertu, et la confiance renaîtra partout ; mais si au lieu de rechercher les gens de bien et les hommes de talent, vous demandez aux futurs fonctionnaires, avant de les nommer, s'ils sont républicains, soyez certain que ceux qui crieront le plus, seront les moins dignes de la confiance du pays.

Mais si au lieu de vous efforcer de n'appeler aux fonctions publiques que les hommes les plus recommandables et les plus honorés, si au lieu d'aller chercher le mérite jusque dans la retraite où sa modestie et sa noble fierté le retiennent, vous déplaciez les plus hommes de bien, comme vous venez de le faire dans notre département, en arrachant nos conseillers de préfecture à leur siége de juges administratifs, nous aurions de moins en moins confiance.

Je me résume en un mot, Timon, le premier pas que la république ait à faire, c'est que le pouvoir ne soit confié qu'aux mains les plus pures et les plus expérimentées, sans recherche des opinions, sans apostilles du *National*, en serait-on le frère ou le cousin-germain.

Le second c'est de vider le procès entre le prolétariat et la propriété, entre le travail accumulé et le travail actuel, entre le capital et la main-d'œuvre.

Oh! ceci est une grosse affaire.

Comme tout le monde en a parlé et moi l'un des premiers dans mon village, je ne tortillerai pas autour de la question : j'irai tout droit au but, si je ne tombe en route.

La société n'a pas le droit de toucher à la propriété privée, la propriété existe avant elle; elle comprend tout ce qui est cher à l'homme, et il ne devient citoyen que pour placer sa propriété sous la sauve-garde de l'association. Tout acte de la société qui attente à la propriété d'un de ses membres directement ou indirectement, quelle que soit cette propriété, matérielle ou morale, est un acte de tyrannie, une violence, une trahison.

Voilà pourquoi ma personne, ma maison, ma pensée, mes opinions, ma famille sont au dessus de la puissance nationale. J'ai le droit d'aller et de venir où il me plaît sans que personne y trouve à dire; de labourer comme je veux ou de ne pas labourer du tout; d'abattre ou de bâtir sans que personne y vienne voir; d'ouvrir ou de fermer ma porte à qui je veux; de penser ou tout haut ou tout bas selon que les gens me plaisent ou m'ennuient, de penser même si haut que tout le monde m'entende, si j'ai la voix assez forte pour cela, ce qui n'appartient qu'au génie; d'aimer et de servir Dieu comme il m'inspire de le faire et sans troubler mon voisin; de gouverner ma famille et d'instruire mes enfants dans tout ce que je crois savoir, dans tout ce qui me semble juste, dans tout ce qui me paraît vrai.

J'ai même le droit de trouver, cher Timon, que si le peuple français choisissait d'être marmiton, selon l'agréable proposition que vous lui en avez faite, il a d'avance un journal tout trouvé, dont le style, l'esprit, le ton seraient parfaitement à son usage; et vous avez trop de goût et de discernement pour ne l'avoir pas déjà nommé.

Eh bien! puisque la société, puisque la nation n'a le droit de rien prendre à personne, bonjour aux communistes et qu'ils se portent bien. C'est là mon sentiment.

Mais si je ne suis pas communiste, je n'en suis pas moins prolétaire; car mon père ne m'a laissé d'autre bien que ses bons conseils, et c'est avec mes bras que j'ai gagné ma maison, ma grange et mon champ.

Or, je sais le mal que j'ai eu, la peine que j'ai prise, et je voudrais les épargner à ceux qui courent par le chemin où j'ai passé.

Comme je vous le dis, monsieur Timon, je n'avais rien, et comme de rien ne vient rien, la première chose qu'il m'a fallu faire a été d'emprunter un petit capital.

Il n'est pas aisé d'emprunter; il faut inspirer confiance, et vous voyez bien aujourd'hui que la confiance est ce qu'il y a de plus volontaire au monde.

D'un autre côté, l'intérêt était fort, c'était en 1812, et l'on payait 6 ou 7 pour 100; c'était le prix, je ne m'en suis pas plaint : mais ce qui m'a vexé tout d'abord en entrant dans la vie, c'est un receveur de l'enregistrement qui s'est venu placer entre mon prêteur d'argent et moi, en me disant : Un pour cent, s'il vous plaît.

Et qu'est-ce que cela vous fait, monsieur le receveur, que ce digne capitaliste me prête son argent, pour que vous veniez fourrer votre main entre sa bourse et la mienne et rogner au passage les écus qu'il me compte ? Vous n'avez donc pas lu les œuvres économiques du respectable Jean-Baptiste Say; vous sauriez que le capital est un instrument de la production, un outil du travail et de l'industrie; et assurément si cet aimable capitaliste, qui me loue son argent à gros intérêt, me prêtait une pioche ou un marteau, vous ne viendriez pas entre nous deux en demander votre part.

Le receveur n'avait lu ni Jean-Baptiste Say, ni aucun autre économiste; il ne savait que la loi de frimaire an VII; il me fallut payer 1 pour 100, ce qui, avec le papier timbré et le notaire, ne laissât pas que d'ébrécher le petit capital qui devait, les intérêts prélevés, être l'instrument de ma fortune à venir.

Il n'y avait pas alors de règlement sur les heures de travail, et les ouvriers des villes, comme ceux des champs, étaient libres de piocher, bêcher, couper, trancher, limer, râcler tant qu'ils avaient de l'ouvrage, avec l'envie de travailler. J'étais fort et dispos, et comme il y a longtemps de cela, je puis bien vous avouer aujourd'hui, sans rougir, que j'avais grande envie de me faire une petite famille, de jolis petits enfants aux cheveux blonds et au visage blanc et rose, avec ma chère Catherine, qui avait alors le modèle de ces cheveux et de ces visages-là. Quinze heures de travail par jour ne me faisaient pas peur ; je me délassais le soir en la regardant ; ce plaisir-là d'ailleurs remplissait tout mon cœur et ne désemplissait pas ma bourse ; si bien qu'un beau jour je me trouvai assez riche pour rendre à mon capitaliste ce qu'il m'avait prêté, principal et intérêt. Ah ! que c'était une belle journée ! Nous avions fait le compte, il avait fallu mettre à l'air tout ce que nous avions gagné depuis quatre ans. J'allai donc chez mon homme ; je frappe, on ouvre ; je vous donne à devenir qui c'était. Le receveur de l'enregistrement : Un demi pour cent, s'il vous plaît.

Comment ! m'écriai-je, je ne puis pas faire la chose la plus juste qui soit au monde, rendre à cet homme ce qui est à lui, ce qu'il m'a prêté, sans que vous en demandiez une partie. Vous êtes un effronté quêteur, monsieur de l'enregistrement. J'eus beau dire, il fallut aller emprunter à un camarade, car ma bourse était épuisée, de quoi payer le receveur de l'enregistrement qui ne voulut jamais démarrer de sa loi de l'an VII. Peste soit de l'an VII !

Cependant mon capitaliste emboursait et ne payait rien. Cela m'avait donné un vif désir d'être capitaliste.

Je me suis toujours demandé de quel droit on m'avait pris cet argent-là. Est-ce que la société était juste en me prenant, malgré moi, une partie du fruit de mon travail ? Est-ce que mon travail n'est pas à moi, n'est pas ma propriété, la plus directe, la plus incontestable ? Mais je ne veux de la société que pour n'être pas troublé dans la jouissance de mon travail ; et si l'on vient en son nom m'en prendre une partie, à quoi donc m'est-elle bonne ?

Le receveur de l'enregistrement, qui me voyait enrager et me fâcher, me dit fort sérieusement que l'argent qu'il me prenait servait à le payer, et que, sans impôt, il n'y avait pas moyen d'acquitter les dépenses publiques.

Parbleu ! la belle raison. Que chaque dépense

particulière soit un peu écornée par le fisc pour la dépense publique, je le concevrai bien. Que celui qui roule tous les jours en carrosse prête une fois ou deux par an ses chevaux aux gendarmes pour courir après les voleurs ; rien de mieux, rien de plus naturel. Que je partage même mon seigle et mon vin, dans de justes proportions, avec le garde champêtre qui ne peut en même temps cultiver son champ et veiller sur le mien, ou avec les braves troupiers qui font de la gloire pour la patrie et l'exercice six heures tous les matins ; rien à dire à cela ; il faut bien que tout le monde vive. Que la belle dame qui change de robes tous les jours, en donne une ou deux qu'elle aura déjà mises, pour vêtir plus ou moins à cru celles qui ne peuvent plus travailler, nos belles dames ont trop bon cœur pour se refuser à cela. Mais me prendre mon outil, et l'outil qu'on me prête pour faire fortune ! que ne prenez-vous donc la fortune à tout le monde, monsieur le receveur ; mais c'est du communisme que de me confisquer ainsi mon bien pour la bourse commune.

Malheureusement, le communisme n'était pas encore inventé dans ce temps-là, car j'aurais dévoué le pauvre receveur à l'exécration publique.

Je ne devais cependant pas être bien longtemps

sans le retrouver devant moi, et dans des circonstances bien autrement graves, car il s'en fallut bien peu qu'elles ne causassent à tout jamais la ruine de Catherine et la mienne, et celle de nos enfants.

J'avais à mon tour, à force de travail et de peine, amassé une petite somme assez rondelette; il s'agissait de la placer: acheter du bien, la somme n'était pas encore assez forte, et puis il ne s'en trouvait pas à ma convenance. Les intérêts que j'avais très exactement payés me revenaient d'ailleurs à la mémoire. C'est bien agréable, au moins, de compter au'jour dit sur son petit revenu; de le toucher régulièrement en beaux deniers comptants, et de l'enserrer dans l'armoire de sa ménagère, pour s'en servir au besoin. Nous résolûmes donc, Catherine et moi, de prêter notre argent. Tous ces petits détails ne doivent pas vous déplaire, Timon, ce sont des entretiens de village, bien humbles, bien petits; mais, après tout, c'est un homme réel, et c'est sa vraie histoire; il ne s'agit pas que ce soit amusant comme un roman en feuilletons. Le notaire que vous savez nous trouva un excellent placement; intérêt légal, mais hypothèque de toute sûreté; c'est lui qui le disait : le débiteur était d'ancienne race; on ne me confia pas qu'il établissait une usine au bout de son parc pour rétablir sa fortune qui avait été colossale, celle de sa femme s'entend, et qu'il avait si fort embarrassée, que six mois après lui avoir prêté mon argent, il fallut entrer en explication avec lui. Je vis bientôt qu'il ne me restait, entre deux partis, qu'à choisir : ou perdre mon argent en laissant vendre par expropriation le bien qui me servait de garantie, ou l'acheter moi-même, afin, si je n'avais pas mon argent en nature, d'avoir au moins ma part dans la terre sur laquelle je l'avais prêté. Cela fut fait ainsi; toujours par le conseil du notaire; mais, derrière le tabellion, arrive encore le maudit receveur de l'enregistrement, qui, cette fois, me demandait six pour cent, non pas seulement de la somme que je possédais, mais du prix total de l'immeuble que j'avais acheté, et qui valait quatre fois ce que j'avais prêté. C'était le quart de mes économies qu'il fallait lui donner; quatre ou cinq années de mon travail, et de quel travail ? Comment, lui disais-je dans mon affliction; faut-il donc que vous soyez toujours là, prêt à me rençonner si ma fortune prospère, et prêt à achever ma ruine si la fortune m'est adverse. Fallut payer. Il ne démordit pas de la loi de l'an VII que je ne lui eusse abandonné le quart de mon bien. Le notaire en prit un vingtième; le conservateur des hypethèques, qui avait si mal conservé mon pécule, en prit autant à peu près, et je me trouvai propriétaire malgré moi, mais contraint par la force des choses et l'imperfection de nos lois, d'un bien qui, en réalité, ne m'appartenait pas, et vis-à-vis des créanciers de mon débiteur. Celui-ci ne m'avait cependant pas trompé ; sa terre valait bien, et peut-être même au-delà, le prix qu'il me l'avait vendue ; il ne s'agissait que d'attendre une occasion, de trouver un acquéreur et je serais rentré dans mon argent, sauf le quart que le fisc m'avait pris, sans qu'il y eût au monde la plus petite raison sur laquelle il pût s'appuyer, si ce n'est la loi de l'an VII. Mais une loi, ce n'est qu'une tyrannie, qu'une violence d'autant plus cruelle, d'autant plus injuste, qu'elle est commise contre un seul par la force de tous, quand elle n'est pas fondée sur la raison ou sur l'équité. Or, quelle raison, quelle équité y avait-il à me prendre le quart de mon bien, parce que je l'avais prêté à un homme qui ne me l'avait pas exactement rendu ; parce que, pour tâcher de sauver mon argent, j'avais acheté le gage qu'il m'avait donné. Qu'est-ce que la société avait à voir à cela ? Que lui importe que je prête ou non à celui-ci le concours de mon intelligence, ou la moitié de ma maison, ou mes livres et mes outils; ou bien à celui-là mon argent ? Qu'a-t-elle à dire à ce que j'achète une ferme, ou des rentes, ou des actions industrielles, et pourquoi dans un cas me prend-elle une portion de ma propriété, sans droit aucun, sans d'autre prétexte que le besoin qu'elle en a, sans autre procédé que la force, arguments précisément de la même espèce que ceux des voleurs de grand chemin, et avec ce surcroît d'inconséquence qu'elle me prend une part de mon bien, si c'est un champ ou une maison que j'achète, et qu'elle ne me demande rien si j'achète des rentes ou des actions industrielles; mais j'eus beau dire, beau me plaindre, beau me récrier; je parus au receveur de l'enregistrement un homme fort difficile, une poule de mauvais caractère, qui crie quand on la plume; il ne m'en pluma pas moins. Je cherchais cependant à oublier ma perte et à trouver un acquéreur. Sur le premier point, je réussissais fort mal, j'en conviens; mais il y eut compensation sur le second. Il se présenta un monsieur, plein de droiture et d'honnêteté, qui ne chercha pas à abuser de ma situation, et qui consentit à acheter mon bien ce qu'il valait, c'est-à-dire ce que je l'avais payé moi-même; mais ce maudit receveur de l'enregistrement revint encore à la charge: Encore six autres pour cent, nous dit-il d'un ton rogue. Il était fâché cette fois-là ; fâché, c'était bien plutôt à moi de l'être ; mon acheteur me fit bien comprendre qu'il devait imputer les frais de vente sur le prix, et je perdis encore trente pour cent de mes économies.

J'avais, Dieu sait par combien d'application et de travail, amassé douze mille francs avant cette triste affaire ; quand j'en sortis, je n'en avais pas quatre ; l'enregistrement m'en avait. . . . . (mettez le mot que vous voudrez, moi, qui suis intéressé dans la chose, je veux être poli), l'enregistrement m'en avait pris la moitié ; les hypothèques et le notaire s'étaient approprié le reste.

Et je n'avais aucun tort à me reprocher ; je n'avais blessé l'intérêt de personne ; je n'avais reçu de la société aucune protection particulière que je dusse lui payer. J'étais ruiné sans motif.

Jamais je ne me suis relevé complétement de cette perte. Si je ne l'avais pas subie, les six mille francs que l'enregistrement m'a confisqués, avec les intérêts qu'ils auraient produits, me vaudraient, aujourd'hui que je suis vieux, huit cents francs de rente. Ce serait plus que je n'ai pu amasser dans tout le restant de ma vie.

J'ai toujours pensé, maître Timon, que ces impôts-là, et bien d'autres, étaient la ruine et l'asservissement à perpétuité des prolétaires ; la contribution personnelle, les droits réunis, les octrois, l'enregistrement, et par dessus tout le recrutement, ne permettent guère que nous sortions de notre pauvreté, si ce n'est dans des circonstances exceptionnelles. Nous vivons pauvres, nous mourons misérables, et nos enfants font comme nous. Ah! l'on dit bien vrai : l'eau va toujours à la rivière; vous êtes pauvre, mon garçon, les richesses n'iront pas à vous; elles iront à d'autres qui en ont déjà souvent plus qu'il ne leur en faut.

Je vous l'ai dit fort énergiquement, Timon, la propriété est inviolable et sacrée; la loi n'a point de droit sur elle; ce n'est pas dans un partage quelconque et de quelque manière qu'il se fît que j'imaginerais un remède à l'état des choses que je signale et que je déplore; mais de quelque manière aussi que vous vouliez vous y prendre pour gouverner le pays, je dis que vous ne pourrez pas laisser subsister des impôts qui confisquent la propriété du pauvre au fur et à mesure qu'il travaille et qu'il économise. Il ne faut pas plus spolier le pauvre que le riche, ni le riche que le pauvre; et quoique le système actuel de l'impôt semble répartir les taxes publiques, sans distinction de fortune, ces taxes pèsent en réalité sur le prolétaire bien plus que sur le capitaliste.

Gardez-vous, toutefois, de penser que je veuille de l'impôt progressif, bon pour Garnier-Pagès et pour ses amis.

Mais que voulez-vous donc ? allez-vous me demander : Ce que je veux est simple, facile, favorable au travail et à la prospérité de la nation, juste et équitable surtout ; mais cela suffira bien à la matière d'une autre lettre tout entière, et il faut encore aujourd'hui, qu'après vous avoir parlé de la vertu nécessaire aux gouvernants, je vous dise aussi quelques mots de la vertu des gouvernés.

Il faut que je me hâte ; aussi bien voilà-t-il deux jours que je passe à vous écrire, et toutes mes avoines ne sont pas rentrées : vingt pages d'écriture valent-elles un boisseau de grain ?

Une nation sans vertu ne peut pas se gouverner elle-même, elle est indigne de l'état républicain et elle y est impropre ; c'est l'écueil contre lequel tous nos efforts courent risque de se briser.

Vous reconnaissez trop facilement, à mon avis, que les classes riches de la société et celles intermédiaires entre les riches et les pauvres n'ont pas assez de vertu pour être républicaines, qu'elles manquent de croyances ou peu s'en faut ; vous les accusez d'égoïsme, vous ne faites aucun fond sur leur dévouement. « Je conviens,

« ajoutez-vous (1), que des mœurs sans croyan-
« ces, des théories sans pratique, des lois de
« papier et une fraternité de murailles, ne ser-
« vent de rien et ne mènent pas à bonne chose;
« mais j'ai confiance dans l'avenir. »

Soit; pour moi qui vis dans les champs, j'ai
plus de confiance que vous dans le présent; mais
cet avenir, que vous appelez comme votre espé-
rance, dépend un peu de nous. Que ne nous efforçons-nous d'acquérir la vertu qui nous manque, et de l'inculquer à nos enfants. Examinons
ce point ensemble.

La vertu ne se déduit pas tout entière de la
conscience. Si elle s'y conforme toujours, elle
exige souvent davantage; la morale défend de
faire à autrui ce qu'on ne voudrait pas qui vous
fût fait; la vertu prescrit de traiter autrui comme
soi-même. Un républicain sincère adore la vérité, comme les Mexicains adoraient le soleil;
pour lui la vérité, c'est la chaleur, c'est la vie,
c'est la fertilité de l'âme; c'est l'image morale
du créateur de toutes choses, comme le soleil est
le père de la nature et le regard bienfaisant que
Dieu attache sur la terre. L'homme qui trompe
est un esclave aux yeux du vrai républicain;

(1) Page 43.

tromper, c'est se cacher; se cacher, c'est quelque chose qui ressemble comme à de la peur; cela participe toujours de la lâcheté. Le républicain tient à l'humanité par deux liens indissolubles, la famille et la patrie : dans l'une comme dans l'autre, on n'apprend à commander qu'en sachant d'abord. obéir : il est une partie aussi intime de la famille que la famille est une partie inséparable de la patrie; ainsi la famille ne peut-elle être blessée sans qu'il ressente la blessure, la patrie ne peut-elle souffrir que la famille ne souffre; si l'une ou l'autre devait périr, le vrai républicain succomberait avec elle. Dans cette union fraternelle des familles entre elles, des citoyens entre eux, il n'y a jamais ni de vanité, ni d'orgueil; le plus beau titre auquel un homme aspire, c'est d'être le plus utile à ses parents, à ses amis, à ses concitoyens; c'est d'en être le plus aimé et surtout le plus estimé. Le républicain considère le travail comme le premier besoin de l'homme sur la terre, comme la source de toutes les joies et de toutes les consolations. Si l'on pouvait un moment supposer à l'Être-Suprême une pensée perverse, il suffirait qu'il permît que tout ce qui sert aux besoins et aux plaisirs de l'humanité, que tout ce qu'elle peut appeler de ses désirs se trouvât spontanément à sa portée, sans peine et sans travail, pour que la race humaine pérît dans le plus cruel supplice : la satiété de toutes choses, le dégoût et l'ennui poussé jusqu'au désespoir.

Dans une république il n'y a point d'oisifs ; l'oisiveté est pire qu'un délit, c'est une honte.

Le luxe est-il compatible avec la république ? non, s'il est celui qui énerve les mœurs, qui divise les familles, qui ne répond qu'à des besoins factices, qui distrait les femmes et les jeunes gens de l'autorité du chef de la famille, qui rend pénible l'accomplissement des devoirs, qui entraîne à des dépenses dont le peuple ne peut approcher. Oui, si ce luxe ne sert qu'au développement le plus complet des facultés que Dieu nous a données et dans le but auquel il les a destinées ; oui, si ce luxe concourt au bien-être général et n'excite autour de soi ni désunion, ni envie ; oui, si les plaisirs que le luxe procure sont une nouvelle excitation à la vertu, pour les autres et pour soi.

Eh bien, Timon, quand je ne dis ici que ce que vous pensez, dois-je vous demander si nos lois civiles conviennent à des mœurs républicaines ?

D'où nous viennent ces lois ? de ce misérable empereur romain, esclave d'une vile prostituée qu'il élevât jusqu'à lui, après avoir longtemps descendu jusqu'à elle. Quelle a été la morale de cette femme, qui était en quelque sorte l'âme de Justinien ?

De quelle époque datent ces lois ? de celle où l'empire romain, brisé dans toutes ses croyances, accablé sous toutes les tyrannies, souillé de sang et ruisselant de honte, n'ayant plus rien de Rome, pas même son noble langage, présentait le spectacle abject de la plus complète tyrannie à laquelle aucun peuple ait jamais tendu ses bras et sa tête.

Et ces lois, où ne se trouve plus la sage sévérité de la république romaine, où le droit de tester est enlevé au citoyen, où le père de famille a perdu son autorité, où les femmes semblent trouver des principes écrits par Théodora ; ces lois, que Louis XIV a jugées si favorables à la monarchie, et que Napoléon a perfectionnées pour le despotisme, ces lois conviendraient à un peuple républicain ?

Timon, vous ne le pensez pas.

Comment le père inspirera-t-il à son fils, à ses filles, les principes de la vertu, lorsqu'il n'a sur eux qu'une autorité qui finit aux bords de l'enfance ? que dis-je ? quand le fruit de son propre travail, quand la récompense qu'il accumule pour l'enfant vertueux passé, même malgré lui, à celui qui le déshonore.

Et ces lois sont-elles du moins encore suppléées par les principes de la religion ?

Ah ! vous craignez *que la constitution que vous allez donner à la France ne soit un peu trop forte pour la débilité de son tempérament* (1).

Je le crains comme vous pour le peuple des villes, je ne le craindrais pas pour celui des campagnes, si le gouvernement provisoire n'avait pas commis tant et de si grandes fautes, si l'Assemblée se hâtait davantage à les réparer, si le chef du pouvoir ne s'entourait que d'hommes vertueux, si l'Assemblée et tous les hommes politiques renonçaient à leurs préjugés, à leurs rancunes et à leurs mesquines ambitions, si... si... si... si je vendais mon seigle.

Mais, adieu, Timon, je vous tends une main amie, je serre la vôtre avec tendresse, car je vous aime du fond de mon cœur ; quoique ce soit dommage que vous ayez fait le projet de la constitution ; et je suis votre serviteur,

JEAN LE CHAMPENOIS

(1) Page 42.

IMPRIMERIE DE GUSTAVE GRATIOT,
11, rue de la Monnaie.

9 782019 666248